# MONTESQUIEU, BON FRANÇOIS.

« Les lois politiques et civiles... doivent être tellement pro-
« pres au peuple pour lequel elles sont faites, que c'est un
« grand hasard si celles d'une nation peuvent convenir à une
« autre....

« Elles doivent être relatives au physique du pays..... à la
« qualité du terrain, à sa situation, à sa grandeur, au genre
« de vie du peuple.... au degré de liberté que la constitution
« peut souffrir, à la religion des habitans, à leurs inclina-
« tions, à leurs richesses, à leur nombre, à leur commerce,
« à leurs mœurs, à leurs manières. » I. 3.

« Aristote met au rang des monarchies le royaume de Lacé-
« démone..... Qui ne voit que (ce royaume étoit) une répu-
« blique? » XI. 9. « Les rois n'y formoient pas la constitu-
« tion, mais ils étoient une partie de la constitution. » XI. 10.
« Dans la monarchie, le prince est la source de tout pouvoir
« politique et civil. » II. 4.



PARIS,
MÉQUIGNON FILS AINÉ, LIBRAIRE,
RUE SAINT-SÉVERIN, N°. 11.

1814.

# AVERTISSEMENT.

L'OBJET principal de cet écrit est de prouver que Montesquieu ne préfère pas la Constitution d'Angleterre à celle des monarchies que nous connoissons, et spécialement à la nôtre : que surtout il ne nous conseille nullement de l'imiter. Pour mettre les preuves dans leur jour, on sent qu'il a fallu s'expliquer librement sur des points très-délicats.

Je n'ai point prétendu offenser l'Angleterre ; rien n'est plus loin de ma pensée. Deux hommes suffiroient seuls pour m'en préserver. Je vois dans Cromwel même ( dont l'œuvre a eu tant d'influence sur l'état actuel des choses), l'un des plus terribles caractères que l'histoire nous ait transmis. Otez-lui les bassesses de l'hypocrisie, ce sera presque le Satan de Milton. Plusieurs de ses compatriotes ont eu des qualités approchantes qu'ils n'ont pas perverties. Je ne parle pas des vivans, il suffit que toute la terre en parle.

Mais il me semble que la Constitution d'Angleterre, quoiqu'elle soit soutenue par des hommes vertueux, ne repose pas sur les vertus qui se trouvent en cette nation, mais sur les passions vulgaires de l'intérêt et de l'indépendance. Les nobles bases ne manquoient pas, sans doute, et ne manquent pas encore. Le mal est que cet ordre de choses doit son origine et ses divers progrès à de fâcheuses circonstances.

Au reste, on pourroit faire tort au régime de l'Angleterre, si l'on en jugeoit par les louanges de ses plus grands admirateurs. La meilleure partie de toute Constitution réside dans cette région peu apparente qui se confond avec les mœurs ; elle est le secret de chaque nation, et frappe peu les hommes à systèmes. Ils s'attachent aux rouages extérieurs, calculent leurs effets à perte de vue, ne manquent pas de trouver qu'ils doivent produire ce qu'ils produisent, et laissent de côté mille accessoires délicats et imperceptibles, sans lesquels ces effets n'auroient pas lieu. Ils ne veulent pas voir la différence entre l'arbre qui s'étant enraciné de longue date, subsiste, quoique dépouillé d'une partie de ses ornemens, et celui qu'ils proposent de transplanter dans un temps où il ne sauroit plus pousser d'assez fortes racines.

Cette politique n'est pas celle qu'enseigne Montesquieu. Cependant, en lisant dans cet auteur ce qu'il dit des lois de l'Angleterre, si vous donnez à son livre une attention médiocre, elles feront peut-être un effet différent de celui qu'elles font ici. Vous éprouverez que l'*Esprit des Lois* n'est pas un sujet de lecture, mais d'étude. L'impartialité de l'auteur y favorise la passion des lecteurs, et sa raison leurs préjugés.

Nous ne dissimulerons point qu'il seroit possible d'extraire de Montesquieu une opinion qui ne fût pas la sienne, cet auteur ayant pris bien plus de soin d'assurer les grands principes de sa théorie que de montrer un ensemble parfait dans les détails. Ainsi nous ne croirions pas cette dissertation assez solide, si elle ne prenoit ses principales bases et ses raisons décisives dans ce qu'il y a de plus constant en cet auteur, et dans ses jugemens les plus formellement exprimés.

J'espère prouver, dans un autre écrit, que le système des idées *libérales* est la dissolution du tempérament des cités. Voilà pourquoi Catilina, César, Clodius, Antoine, et quelquefois Tibère, furent de grands *libéraux*; tandis que Caton, Cicéron, Brutus abhorraient le *libéralisme* de leur siècle. Je ne parle pas de Pompée : ce grand homme eût pu sauver Rome, si, connoissant d'abord tout son ascendant et toute la force de sa cause, il eût voulu moins consoler les citoyens que relever la patrie de l'avilissement où l'avoient jetée tour à tour Marius et Sylla. La dangereuse liberté qu'il se hâta de rendre aux enfans des Romains, le mit hors d'état de préparer les institutions sévères qui les eussent préservés des meurtres, des spoliations et des fers où ils se trouvèrent exposés de nouveau.

# MONTESQUIEU
## BON FRANÇOIS.

Ceux qui veulent persuader aux François de recevoir la loi de l'Angleterre, allèguent souvent ce que dit Montesquieu sur la constitution de ce pays.

Sans doute, parmi tous les auteurs qui ne sont pas infaillibles, ils ne pouvoient guère en choisir un plus grave, et dont l'autorité fût plus capable d'accréditer une opinion politique, que celle de l'homme si justement qualifié par d'Alembert, *le Législateur des nations*. Cette autorité n'est point celle d'un raisonneur abstrait, qui, dans son cabinet, s'amuse à régler les empires d'après des idées chimériques; non, ce n'est pas ainsi que s'y prit Montesquieu. Ce magistrat, né pour répandre la lumière sur les intérêts des nations, passe une jeunesse studieuse à recueillir, dans tous les monumens de l'histoire, de la politique et de la jurisprudence, les leçons qu'y a déposées l'expérience du temps et la sagesse de nos pères; dans la maturité de l'âge, il emploie plusieurs années à parcourir l'Europe, jouit de la conversation des plus grands hommes d'état et de guerre de son temps; et c'est après ces préparatifs qu'il travaille à l'*Esprit des Lois*, ouvrage immortel, où l'auteur, « sans s'appesantir sur des discussions métaphysiques, relatives à l'homme supposé dans un état d'abstraction,... envisage les habitans de l'univers dans l'état réel;.... s'occupe moins de ce que le devoir exige de nous, que des moyens par lesquels on peut nous obliger à le remplir; de la perfection métaphysique des lois, que de celle dont la nature humaine les rend susceptibles. ( *Éloge par d'Alembert.* ) »

Le suffrage de Montesquieu est d'autant plus respectable, que vous sentez toujours en lui un sage qui développe de sang froid les beautés des choses mêmes qu'il ne recommande point; loue quelquefois l'habileté des moyens lors même qu'il ne loue pas l'objet auquel ils se rapportent; ne dissimule pas les défauts des choses qui lui sont chères; ensorte qu'il est difficile de découvrir l'avis de ce juge incorruptible, par ses procédés, avant que ses raisons et son jugement les déclarent. Par une conséquence du même caractère, « il n'avoit remporté de ses voyages ( chose très-difficile ), ni un dédain outrageant pour les étrangers, ni... mépris... pour son propre pays. » Personne ne pouvoit donc être un juge plus impartial entre les uns et les autres.

Mais c'est surtout à l'égard de l'Angleterre, que son avis est d'un grand poids : car « il avoit formé à Londres des liaisons intimes avec des hommes exercés à méditer, avec lesquels il s'instruisit de la nature du gouvernement, et parvint à le bien connoître. Nous parlons ici d'après le témoignage public que lui en ont rendu les Anglois eux-mêmes, si jaloux de nos avantages et si peu disposés à reconnoître en nous aucune supériorité. (*Eloge de Montesquieu.* ) » Et ne craignez pas que la manière dont il fut accueilli par la nation angloise, et même par une célèbre reine de « l'île fameuse qui se glorifie tant de ses lois (*d'Alembert*), » ait porté ses égards pour elle jusqu'à la prévention. Nous verrons dans cet écrit des marques signalées du contraire; et je n'en veux pour preuve en ce moment, que ce mot rapporté par d'Alembert. Il disoit « que l'Angleterre étoit faite pour y penser, et la France pour y vivre; » mot piquant dans la bouche d'un François qui savoit penser si gaîment, et parler si profondément.

Mais, comme le système d'imiter les Anglois n'est qu'une circonstance de cette œuvre qui s'est déclarée depuis vingt cinq ans, qui ne cesse de nous travailler, qui ne démord jamais, qui se reproduit sous mille formes, et se défend pied à pied contre les leçons d'une expérience terrible; il est bon de rassembler sous un même point de vue la doctrine de Montesquieu sur les objets principaux de la révolution françoise. Ces objets, ce me semble, sont l'égalité légale des conditions, d'où suit celle des droits politiques, le sacrifice de tous les priviléges à l'uniformité des lois; effacer la hiérarchie des rangs; et, si l'on veut une monarchie, imiter les Anglois.

Je vais donc puiser dans la doctrine de Montesquieu sur la monarchie, ce qui a trait à ces questions, puis en particulier ce qu'il pense de nos anciennes lois françoises, enfin ce qu'il dit des Anglois. Et si je ne transcris pas ici tout Montesquieu, j'espère ne rien laisser dans ce que j'omets, qui puisse renverser la chose que j'établis.

Mais avant de nous occuper des détails révolutionnaires, il est bon de considérer le procédé même de renverser hardiment les états pour essayer de les rendre plus parfaits (1). Car si ce procédé prouve déjà l'altération de l'esprit et du caractère, nous serons moins étonnés de voir les détails qui le suivent, répondre au commencement.

Que dit là-dessus Montesquieu?

« Je n'aime pas ceux qui renversent les lois de leur patrie (tels que César et Cromwel). » *Défense de l'Esprit des Lois*, 1re partie, n° 2.

« Parce que les raisons souvent compliquées ou inconnues, qui font qu'un premier état a subsisté, font qu'il se maintiendra encore. Mais quand on change le système total, on ne peut remédier qu'aux inconvéniens qui se rencontrent dans la théorie; et on en laisse d'autres que la pratique seule peut faire découvrir. » (*Grandeur des Romains*, ch. 17.)

« Dans un temps d'ignorance, on n'a aucun doute, même lorsqu'on fait les plus grands maux; dans un temps de lumière, on tremble encore lorsqu'on fait les plus grands biens. On sent les abus anciens, on en voit la correction; mais on voit encore les abus de la correction même. On laisse le mal, si l'on craint le pire; on laisse le bien, si l'on est en doute du mieux. » (Préface de l'*Esprit des Lois.*)

L'auteur de l'*Esprit des Lois* désapprouvoit surtout ceux qui détruisent les priviléges consacrés par le temps. « Il pensoit (suivant d'Alembert) que chaque portion de l'Etat doit être également soumise aux lois; mais que les priviléges de chaque portion de l'Etat doivent être respectés;... *que la possession ancienne étoit, en ce genre, le premier*

---

(1) On peut dire à l'avantage des Anglois, que leurs lois n'ont pas été établies par esprit de système, mais par le temps et le développement des dispositions nationales.

*des titres et le plus inviolable des droits,* qu'il étoit toujours injuste... de vouloir ébranler. » (*Eloge.*)

Mais ne résulte-t-il pas de ce principe quelque chose d'injuste ? Car si quelques portions de l'Etat possèdent des priviléges qu'il leur importe de conserver, ces priviléges rendent donc leur condition meilleure que ne le veut l'égalité parfaite ? Ils sont donc contraires au droit naturel, et ne peuvent être supportés.

Il y auroit bien des choses à dire sur les formes que prend l'égalité, même dans l'ordre naturel, et sur les nouvelles modifications qu'y apporte la justice civile. Mais ceux qui se plaignent de ce genre d'inégalité que peuvent amener les priviléges, en oublient une classe bien plus importante, celle qui règne dans les propriétés. Elles dérivent, direz-vous, des contrats, de l'industrie, et du droit de succession ? Je n'examine point à quel point le droit de succession appartient au droit naturel ; ni si quelque industrie donne le droit à un individu d'exclure ses semblables d'une partie du patrimoine commun, et souvent d'une partie si supérieure à ses besoins. Mais qui vous a dit que les priviléges politiques ne dérivent pas de la même source ? Vous êtes-vous bien assurés qu'il n'existe aucune supposition, aucun genre de traité, aucune règle du droit des gens, qui puisse les rendre aussi favorables que le titre des possessions démesurées ? Et pouvez-vous prononcer que les conditions d'une société sont injustes, si vous ignorez quel droit chacun y a primitivement apporté pour première mise ? Mais si la qualité des droits dépend de celle de ce titre, quels moyens aurons-nous de le connoître après un grand nombre de siècles, si ce n'est par la possession? Ebranlez-la, vous ébranlez, dit Bossuet après l'Ecriture, les fondemens de la terre; maintenez-la, vous assurez, il est vrai, la tranquillité publique, mais vous assurez en même temps les richesses d'iniquité. Quel sera donc le remède de ces imperfections? le voici, et jamais la sagesse n'en cherchera d'autre : c'est que la justice civile est nécessairement incomplète. Des sentimens d'un ordre plus parfait et plus noble doivent la compléter. Qu'importe que les classes élevées possèdent des richesses et des priviléges (1), si la dignité de leur rang, l'honneur, la générosité, sont des exacteurs plus puissans que les collecteurs de tailles, ou que les lois sur le service public? Qu'importe que ces sources regorgent d'abondance, si leur élévation les oblige de s'écouler sur les humbles vallées? Pourquoi les vastes patrimoines peuvent-ils être supportés auprès de l'indigence? c'est que le détenteur ne peut en jouir sans en répandre les fruits sur les hommes qui travaillent; mais l'homme d'un rang distingué peut-il en jouir sans le rapporter au service de la cité? La disposition des choses permettroit-elle qu'il se perpétuât dans ce rang, s'il ne suivoit les mœurs qui lui conviennent. Les montagnes reçoivent la paix pour le peuple, et les collines distribuent la justice. Appliquez-vous donc plutôt à soutenir les sentimens respectifs des divers ordres, qu'à confondre leurs droits. N'exigez pas de l'œil ou de l'oreille le même service que des pieds ou des mains. Laissez libres de bâtimens, et inutiles en apparence, les remparts qui défendent la ville; ne déshonorez pas les monumens antiques par un usage qui corrompe leur

(1) « Leur aisance revient toujours au public. » XIII, 7.

vraie destination. Choisissez de nobles lignées pour être le foyer de l'honneur, le point de ralliement de tous les sentimens qui sont la consistance et la force publique, et daignez les traiter d'une manière libérale, si vous en attendez des services plus généreux. « Réservez-les comme des traits et des armes, suivant l'expression de Tacite (1), pour l'usage des combats. » « On a vu la maison d'Autriche travailler sans relâche à opprimer la noblesse hongroise; elle ignoroit de quel prix elle lui seroit quelque jour. Elle cherchoit chez ces peuples de l'argent qui n'y étoit pas; elle ne voyoit pas des hommes qui y étoient. Lorsque tant de princes partageoient entre eux ses états, toutes les pièces de sa monarchie, immobiles et sans action, tomboient, pour ainsi dire, les unes sur les autres; il n'y avoit de vie que dans cette noblesse, qui s'indigna, oublia tout pour combattre, et crut qu'il étoit de sa gloire de périr et de pardonner. » VIII, 9.

Ainsi l'inégalité elle-même, lorsqu'elle est sagement dispensée, écartant, à un certain point, les hommes de l'équilibre naturel, tend les ressorts des nobles sentimens, leur donne une nouvelle énergie, et ramène plus heureusement aux proportions de la nature, que si la loi les eût immédiatement établies (2).

---

(1) *Exempti oneribus et collationibus, et tantùm in usum prœliorum sepositi, velut tela atque arma.* (Tacit., *De mor. Germ.*, n. 29.

(2) Ajoutez que, dans l'ancien ordre de choses, les priviléges, même pécuniaires, n'avoient guère d'autre effet que de caractériser les ordres, comme l'a très-bien remarqué le marquis de Mirabeau. Au reste, je ne prétends, dans tout ce paragraphe, que justifier la maxime de Montesquieu.

Nous croyons avoir expliqué comment il peut se faire que les priviléges et les grandes propriétés établissant des conditions inégales, leurs effets, loin d'avoir rien de contraire à cette loi de la nature, qui veut que tout concoure également au bien public, deviennent l'âme des mœurs, le plus noble lien de la société, et l'aliment des sentimens honnêtes.

C'est en ce sens qu'il faut, sans doute, entendre la restriction que semble mettre Montesquieu au maintien des priviléges : « Ils doivent être respectés, dit-il, lorsque *leurs effets* n'ont rien de contraire au droit naturel, qui oblige de concourir également au bien public. » *Leurs effets*, et non pas les priviléges eux-mêmes; et c'est le seul moyen qu'il soit d'accord avec lui-même : car, autrement, il mettroit en problème les droits de toute possession et tous les titres des grandes propriétés. Au reste, sans discuter la manière dont d'Alembert exprime la restriction des principes de notre auteur, il est un moyen simple et décisif d'en fixer le sens à l'égard des objets qui nous occupent : c'est que Montesquieu, dans son livre mis au jour par lui-même, ne cesse de louer, comme nous le verrons, les institutions que nos réformateurs réprouvent comme contraires aux droits de l'égalité naturelle (1).

(1) La différente application de la justice répressive aux différentes conditions, est, suivant Montesquieu, dans l'esprit de la monarchie. Le sytème contraire choque visiblement cette humanité que le siècle fait sonner si haut, et dont il a tiré de si cruelles conséquences; car l'une des choses dont nous nous piquons le plus aujourd'hui, est d'observer avec une attention scrupuleuse de n'infliger de peines précisément qu'autant qu'il est évidemment nécessaire pour contenir les

Le changement des lois et la destruction des privilèges, non seulement sont des entreprises injustes et pernicieuses, surtout lorsqu'elles sont subites; mais leur effet est de conduire les peuples au despotisme. « M. Law, par une ignorance égale de la constitution républicaine et de la monarchique, fut un des plus grands promoteurs du despotisme que l'on eût encore vu en Europe : outre les changements qu'il fit, si brusques, si inusités, si inouïs, il vouloit ôter les rangs intermédiaires, et anéantir les corps politiques; il dissolvoit la monarchie par ses chimériques remboursemens, et sembloit vouloir racheter la constitution même. » (II, 4.)

Venons maintenant au plan et aux conditions du gouvernement monarchique.

Et d'abord, comme notre auteur dit, que « la plupart des peuples d'Europe sont encore gouvernés par les mœurs (VIII, 8), » nous chercherons ce qu'il faut entendre par *les mœurs*.

Si l'on appelle ainsi la règle de conduite communément adoptée, les motifs qui dirigent le corps des habitans ou le gouvernement. la physionomie générale des procédés que ces motifs inspirent, tous les peuples sont gouvernés par les mœurs : car les

---

infracteurs. Or, le même châtiment fait un effet bien différent selon les conditions, et souvent l'altération seule de la dignité a plus d'effet sur les classes relevées que les peines afflictives sur les étages moins sensibles.

Cette proportion étoit avec raison observée dans la discipline de l'Eglise.

L'égalité et l'uniformité sont la justice des ténèbres, l'œuvre privilégiée de la mort, l'ennemi profond de la vie et de l'humanité, le plus dangereux dissolvant de l'harmonie et de la vigueur monarchique.

hommes, par tous pays, suivent ce que l'opinion commune leur montre comme conforme à leurs intérêts, à leurs craintes, à leurs penchans.

Mais si nous distinguons deux classes de penchans, les uns vulgaires et étrangers à la vertu, tels que le propre intérêt, la crainte, l'audace, la jalousie, l'envie, l'ambition, l'amour des voluptés, du luxe, de l'indépendance, d'une part; et de l'autre, esprit de justice et de modération, modestie, respect pour les choses sacrées, sentimens relatifs de subordination, dévouement, générosité, protection, reconnoissance, honneur, émulation, amour de la patrie, sous quelque forme qu'il se montre : cette dernière classe d'inclinations ayant quelque chose qui pèse sur les passions vulgaires, et qui réprime leur essor, suppose de la force, de l'étoffe, et, pour ainsi dire, de la qualité dans les caractères. Les mœurs, établies sur ce pied, méritent véritablement le nom de *mœurs*, soit par leur excellence, soit parce qu'elles ne peuvent guère se former que par une tradition constante, née dans les premiers âges de chaque peuple.

Avec le temps, les anciennes mœurs peuvent s'affoiblir et se résoudre en cette classe sans qualité dont nous avons parlé.

Cette révolution a lieu tôt ou tard chez la plupart des peuples; elle commença à devenir frappante chez les Romains au temps de Marius, et se consomma sous Tibère : c'est ce que Cicéron appelle le renversement de l'ordre antique, *perturbationem veteris disciplinæ*.

L'édifice des mœurs écroulé, il faut bien que celui des gouvernemens qu'elles soutiennent, prenne une forme moins noble; et si les caractères ne peuvent reprendre leur première santé, ce qu'on peut faire de moins mal est de dresser une machine politique moyennant laquelle les passions les plus vulgaires aboutissent à une certaine sécurité; seul bien que les hommes puissent goûter dans cet âge caduc.

On est même peu exposé alors au changement de système, parce qu'un édifice réduit au rez de chaussée ne s'écroule qu'avec la terre.

Or, il semble que la vraie et grande politique est de suspendre cette sorte de révolution; et, lorsqu'elle paroît insurmontable, de recueillir et préparer les germes qui peuvent ramener des générations plus fortes et plus heureuses.

L'application de ces principes se fera sentir d'elle-même quand Montesquieu nous aura expliqué le caractère propre des diverses espèces de gouvernement.

Elles peuvent se diviser en domination d'un seul et en république.

L'état où le prince règne suivant des lois fondamentales est monarchique : si ces lois sont une tradition du temps, elles vivent par les mœurs; sont-elles une institution du moment? elles ne peuvent guère se soutenir que par ce mécanisme qu'on appelle *constitution.*

Le gouvernement peut encore se diviser en celui qui prend pour objet direct la *liberté politique*, et ceux qui se rapportent immédiatement à un objet différent (1).

« Il n'y a point de mot qui ait reçu plus de diffé-

---

(1) Il s'en faut bien que cette division soit la seule; mais elle est celle qui convient à notre sujet.

rentes significations, et qui ait frappé les esprits de tant de manières que celui de liberté.... Ceux-ci ont attaché ce nom à une forme de Gouvernement et en ont exclu les autres. Ceux qui avoient goûté du Gouvernement républicain, l'ont mise dans ce Gouvernement; ceux qui avoient joui du Gouvernement monarchique, l'ont placée dans la monarchie. Enfin chacun a appelé liberté le Gouvernement qui étoit conforme à ses coutumes ou à ses inclinations; et, comme dans une république on n'a pas toujours devant les yeux et d'une manière si présente les instrumens des maux dont on se plaint, et que même les lois paroissent y parler plus, et les exécuteurs de la loi y parler moins, on la place ordinairement dans les républiques et on l'exclut des monarchies. » ( XI. 2. )

Mais la liberté politique consiste « à pouvoir faire ce que l'on doit vouloir, et à n'être point contraint de faire ce que l'on ne doit point vouloir. » (XI 3. )

« La liberté politique ne se trouve que dans les Gouvernemens modérés. Mais elle n'est pas toujours dans les états modérés; elle n'y est que lorsqu'on n'abuse pas du pouvoir; mais c'est une expérience éternelle, que tout homme qui a du pouvoir est porté à en abuser. » (XI. 4.)

Les Gouvernemens modérés, sont la république et la monarchie. ( VIII. 8. )

Prenons une idée juste des caractères distinctifs de ce dernier Gouvernement.

« Les pouvoirs intermédiaires subordonnés et dépendans constituent la nature du Gouvernement monarchique, c'est-à-dire, de celui où un seul gouverne par des lois fondamentales. J'ai dit les pouvoirs intermédiaires *subordonnés et dépendans.* En effet, dans la Monarchie, le prince est la source de tout pouvoir politique et civil. Ces lois fondamentales supposent nécessairement des canaux moyens par où coule la puissance; car s'il n'y a dans l'état que la volonté momentanée et capricieuse d'un seul, rien ne peut être fixe, et par conséquent aucune loi fondamentale.

Le pouvoir intermédiaire subordonné le plus naturel, est celui de la noblesse; elle entre en quelque sorte dans l'essence de la monarchie, dont la maxime fondamentale est: point de monarque, point de noblesse; point de noblesse, point de monarque; mais on a un desposte.

« Il y a des gens qui avoient imaginé, dans quelques états en Europe, d'abolir toutes les justices des seigneurs. *Ils ne voyoient pas qu'ils vouloient faire ce que le parlement d'Angleterre a fait.* Abolissez, dans une monarchie, les prérogatives du clergé, de la noblesse et des villes, vous aurez bientôt un état populaire, ou bien un état despotique.

« Les Anglois, pour favoriser la liberté, ont ôté toutes les puissances intermédiaires qui formoient leur monarchie. Ils ont bien raison de conserver cette liberté; s'ils venoient à la perdre, ils seroient un des peuples les plus esclaves de la terre. »

Suit l'article que nous avons cité sur les changemens brusques et inusités, par lesquels un Anglois faillit dissoudre la monarchie françoise, et racheter la Constitution en détruisant les ordres intermédiaires.

« Il ne suffit pas qu'il y ait dans une monarchie des ordres intermédiaires, il faut encore qu'il y ait *un dépôt de lois* : ce dépôt ne peut être que dans les corps politiques qui *annoncent* les lois lorsqu'elles sont faites, et les rappellent lorsqu'on les oublie....

« Le conseil du prince n'est pas un dépôt convenable ; il est par sa nature le dépôt de la volonté momentanée du prince qui exécute, et non pas le dépôt des lois fondamentales. ( II. 4. )

« Les corps qui ont le dépôt des lois n'obéissent jamais mieux que quand ils vont à pas tardifs, et qu'ils apportent dans les affaires du prince cette réflexion qu'on ne peut guère attendre du défaut de lumière de la cour sur les lois de l'état, ni de la précipitation de ses conseils.

« Que seroit devenue la plus belle monarchie du monde, si les magistrats, par leurs lenteurs, par leurs plaintes, par leurs prières, n'avoient arrêté le cours des vertus mêmes de ses Rois, lorsque ses monarques, ne consultant que leur grande âme, auroient voulu récompenser sans mesure des services rendus avec un courage et une fidélité aussi sans mesure ? » ( V. 10. )

« L'honneur étant le principe de ce Gouvernement, les lois doivent s'y rapporter.

« Il faut qu'elles y travaillent à soutenir cette noblesse, dont l'honneur est, pour ainsi dire, l'enfant et le père.

« Il faut qu'elles la rendent héréditaire, non pas pour être le terme entre le pouvoir du prince et la foiblesse du peuple, mais le lien de tous les deux » (1).

---

(1) C'est-à-dire, à ce qu'il semble, qu'elle ne doit pas être indépendante ; mais subordonnée et puissante.

Les substitutions qui conservent le bien dans les familles, seront très-utiles dans ce Gouvernement, quoiqu'elles ne conviennent pas dans les autres......

« Les terres nobles auront des priviléges, comme les personnes. On ne peut pas séparer la dignité du monarque de celle du royaume ; on ne peut guère séparer non plus la dignité du noble de celle de son fief. » ( V. 9. ) (1).

« Le Gouvernement monarchique a un grand avantage sur le despotique ; comme il est de sa nature qu'il y ait sous le prince plusieurs ordres qui tiennent à la Constitution, l'Etat est plus fixe, sa Constitution plus inébranlable, la personne de ceux qui gouvernent plus assurée.

« Cicéron croit que l'établissement des tribuns de Rome fut le salut de la république ; « en effet, dit-il, « la force du peuple qui n'a point de chef, est plus « terrible. Un chef sent que l'affaire roule sur lui, « il y pense ; mais le peuple, dans son impétuo- « sité, ne connpît point le péril où il se jette. » On peut appliquer cette réflexion à un état despotique, qui est un peuple sans tribuns, et à une monarchie où le peuple a en quelque façon des tribuns.

« En effet, on voit partout que dans les mouvemens du Gouvernement despotique, le peuple, mené par lui-même, porte toujours les choses aussi

---

(1) Le Gouvernement Impérial avoit imaginé cette dernière séparation ; on avoit pour majorat, des inscriptions ; une valeur de tant. Aussi la dignité du royaume n'a-t-elle pas souffert de la chute de celui qui s'étoit mis Empereur, et celle des titulaires en recevra sans doute un nouveau lustre.

loin qu'elles peuvent aller ; tous les désordres qu'il commet sont extrêmes ; au lieu que, dans les monarchies, les choses sont rarement portées aux extrémités. Les chefs craignent pour eux-mêmes ; ils ont peur d'être abandonnés. Les puissances intermédiaires dépendantes ne veulent pas que le peuple prenne trop le dessus ; il est rare que les ordres de l'état soient corrompus entièrement. Le prince tient à ces ordres. Et les séditieux, qui n'ont ni la volonté, ni l'espérance de renverser l'état, ne peuvent ni ne veulent renverser le prince.

« Dans ces circonstances, les gens qui ont de la sagesse et de l'autorité s'entremettent ; on prend des tempéramens, on s'arrange, on se corrige ; les lois reprennent leur vigueur et se font écouter.

« Aussi toutes nos histoires sont-elles pleines de guerres civiles sans révolutions ; celles des états despotiques sont pleines de révolutions sans guerres civiles. » ( V. 11. )

« Qu'on n'aille point chercher la magnanimité dans les états despotiques ; le prince n'y donneroit point une grandeur qu'il n'a pas lui-même ; chez lui, il n'y a pas de gloire.

« C'est dans les monarchies que l'on verra autour du prince les sujets recevoir ses rayons : c'est là que chacun tenant, pour ainsi dire, un plus grand espace, peut exercer ces vertus qui donnent à l'âme, non pas de l'indépendance, mais de la grandeur. » ( V. 12. *Voyez* encore VIII. 9. )

« Le Gouvernement monarchique ne comporte pas des lois aussi simples que le despotisme. »

« L'administration d'une justice qui ne décide pas seulement de la vie et des biens, mais aussi de l'honneur, demande des recherches scrupuleuses..... La différence de rang, d'origine, de condition qui est établie dans le Gouvernement monarchique, entraîne souvent des distinctions dans la nature des biens; et des lois relatives à la Constitution de cet état, peuvent augmenter le nombre de ces distinctions....... Dans nos gouvernemens, les fiefs sont devenus héréditaires. Il a fallu que la noblesse eût une certaine consistance, afin que le propriétaire de fief fût en état de servir le prince. Cela a pu produire bien des variétés. Par exemple, il y a des pays où l'on n'a pu partager les fiefs entre les frères; dans d'autres, les cadets ont pu avoir leur subsistance avec plus d'étendue...........

« Chaque sorte de biens est soumise à des règles particulières; il faut les suivre pour en disposer: ce qui ôte encore de sa simplicité.........

« Il ne faut donc pas être étonné de trouver dans les lois de ces états tant de règles de restrictions, d'extensions, qui multiplient les cas particuliers, et semblent faire un art de la raison même.

« Le monarque qui connoît chacune de ses provinces, peut établir diverses lois, ou souffrir différentes coutumes; mais le despote ne connoît rien et ne peut avoir d'attention sur rien, il lui faut une allure générale; il gouverne par une volonté rigide qui est partout la même, tout s'aplanit sous ses pieds. » ( VI. 1. ) Aussi le Gouvernement despotique est-il uniforme partout ( V. 14 ), et lorsqu'un homme se rend plus absolu, tels que « César, « Cromwel, et tant d'autres, » ( VI. 2 ) il songe d'abord à simplifier les lois.

Ce moyen que prennent les tyrans et les novateurs, pour sapper le fondement des libertés nationales, est d'autant plus adroit qu'il trouve souvent des admirateurs. « Certaines idées d'uniformité saisissent même quelquefois les grands esprits, mais frappent infailliblement les petits. Ils y trouvent un genre de perfection qu'ils y reconnoissent, parce qu'il est impossible de ne le pas découvrir. Les mêmes poids dans la police, les mêmes mesures dans le commerce, les mêmes lois dans l'état, la même religion dans toutes ses parties (1).......... La grandeur du génie ne consisteroit-elle pas mieux à savoir dans quels cas il faut l'uniformité, et dans quel cas il faut des différences ? » (XXIX. 18.) Sans doute quelquefois ces changemens, au prix d'immenses inconvéniens, procurent de petits avantages. ( XXVIII. 37. ) (2). Par là, les citoyens se détachent, il est vrai, des anciennes mœurs, et perdent ces affections élémentaires qui rapprochoient d'eux la patrie, mais aussi les voyages deviennent plus faciles, et chacun peut faire le commerce sans avoir pris la peine de connoître les mesures des lieux où il veut étendre ses affaires (3).

---

(1) Vers le temps des Etats-Généraux, on en avoit fait une sorte de proverbe : Même Roi, même Foi, même Loi, mêmes poids et *mesures* ; et l'on regrettoit que ces *mesures* vinssent couper l'uniformité pittoresque de toutes ces rimes en *oi*.

(2) Je crois nécessaire d'avertir que, dans l'endroit cité, cette vérité est appliquée à une circonstance où les inconvéniens de l'uniformité sont plus visibles. J'engage à lire ce passage, seul moyen d'en fixer la force à sa juste valeur.

(3) Ces difficultés, qu'on veut aplanir à l'excès, sont souvent des épreuves nécessaires, des frottemens sans lesquels

Voyons maintenant comment se sont formées les monarchies européennes.

« Les peuples du Nord l'ont conquise en hommes libres...... ( Ils ) fondèrent partout la monarchie et la liberté........ ( Ils ) ont été la source de la liberté de l'Europe, c'est-à-dire, de presque toute celle qui est aujourd'hui parmi les hommes.

« Le Goth Jornandès a appelé le nord de l'Europe la fabrique du genre humain. Je l'appellerai plutôt la fabrique des instrumens qui brisent les fers forgés au midi. C'est là que se forment ces nations vaillantes, qui sortent de leur pays pour détruire les tyrans et les esclaves, et apprendre aux hommes que, la nature les ayant fait égaux, la raison n'a pu les rendre dépendans que pour leur bonheur. » ( XVII. 5. )

« Voici comment se forma le premier plan des monarchies que nous connoissons. Les nations germaniques qui conquirent l'empire Romain étoient, comme l'on sait, très-libres. On n'a qu'à voir là-dessus Tacite, sur les mœurs des Germains. Les conquérans se répandirent dans le pays. Ils habitoient les

---

rien ne pourroit prendre pied; et, considérées même comme difficultés, elles sont bonnes, jusqu'à un certain point, pour absorber l'esprit d'inquiétude et d'innovation, pour le tenir en échec, à peu près par la même raison que certains sujets importans veulent être traités en une langue qui suppose de l'étude. Qui veut tout aplanir, n'entend rien au plan de la nature. Combien de bonnes opérations sont impossibles, quand on s'astreint, dans une grande monarchie, à un régime trop uniforme! et combien d'améliorations pernicieuses ne deviennent possibles que par là!

Le haut degré d'uniformité remplit le vœu de Caligula, qui eût voulu voir toutes les têtes romaines sur un seul cou.

campagnes et peu les villes. Quand ils étoient en Germanie, toute la nation pouvoit s'assembler. Lorsqu'ils furent dispersés dans la conquête, ils ne le purent plus. Il falloit pourtant que la nation délibérât sur ses affaires, comme elle avoit fait avant la conquête ; elle le fit par des représentans. Voilà l'origine du Gouvernement gothique parmi nous. Il fut d'abord mêlé de l'aristocratie et de la monarchie. Il avoit cet inconvénient, que le bas peuple y étoit esclave. C'étoit un bon Gouvernement qui avoit en soi la capacité de devenir meilleur (1). La coutume vint d'accorder des lettres d'affranchissement ; et bientôt la liberté civile du peuple, les prérogatives de la noblesse et du clergé, la puissance des Rois se trouvèrent dans un tel concert, que je ne crois pas qu'il y ait eu sur la terre de Gouvernement si bien tempéré que le fut celui de chaque partie de l'Europe, dans le temps qu'il y subsista; *et il est admirable que la corruption du Gouvernement d'un peuple conquérant ait formé la meilleure espèce de Gouvernement que les hommes aient pu imaginer* (2). » ( XI. 8. )

Les mêmes bois d'où furent transplantés les germes de ce bon et excellent Gouvernement, ont

---

(1) Quelques personnes pensent trouver contradiction entre cette phrase et la dernière du paragraphe : je ne puis concevoir où elle pourroit être.

(2) Deux objets d'admiration ; l'un que le gouvernement d'un peuple conquérant soit bon ; l'autre qu'en laissant s'altérer sa constitution primitive, il se trouve encore meilleur : capacité très-rare, et qui ne peut se trouver qu'en des peuples tout neufs et très-près de la nature.

aussi fourni le modèle du beau système de la Constitution d'Angleterre. ( XI. 6.)

« Dans l'état où étoit l'Europe, après ces anciennes conquêtes, on n'auroit pas cru qu'elle pût se rétablir, surtout lorsque, sous Charlemagne, elle ne forma plus qu'un vaste empire. Mais par la nature du Gouvernement d'alors, elle se partagea en une infinité de petites souverainetés; et comme un seigneur résidoit dans son village ou dans sa ville, et qu'il n'étoit grand, riche, puissant, que dis-je? qu'il n'étoit en sûreté que par le nombre de ses habitans, chacun s'attacha avec une attention singulière à faire fleurir son petit pays : ce qui réussit tellement que, malgré les irrégularités du Gouvernement, le défaut des connoissances qu'on a acquises depuis sur le commerce, le grand nombre de guerres et de querelles qui s'élevèrent sans cesse, il y eut, dans la plupart des contrées d'Europe, plus de peuple qu'il n'y en a aujourd'hui............ »

« Ce sont les réunions de divers petits états qui ont produit cette diminution. Autrefois, chaque village de France étoit une capitale; il n'y en a aujourd'hui qu'une grande : chaque partie de l'état étoit un centre de puissance; aujourd'hui, tout se rapporte à un centre, et ce centre est, pour ainsi dire, tout l'état même. » ( XXIII. 24. )

« Je croirois qu'il y auroit une imperfection dans mon ouvrage...... si je ne parlois de ces lois que l'on vit paroître en un instant dans toute l'Europe, sans qu'elles tinssent à celles qu'on avoit jusqu'alors connues; de ces lois qui ont fait des biens et des maux infinis; qui ont laissé des droits quand on a cédé le domaine; qui, en donnant à plusieurs personnes divers genres de seigneurie sur la même chose, ou sur les mêmes personnes, ont allégé le poids de la seigneurie entière ; qui ont posé diverses limites dans des empires trop étendus ; qui ont produit la règle avec une inclinaison à l'anarchie, et l'anarchie avec une tendance à l'ordre et à l'harmonie. » (XXX. 1.)

On voit qu'il est question des lois féodales. A peine oserois-je les nommer, si l'auteur de l'*Esprit des Lois* ne les avoit décrites avec une complaisance si marquée.

Je ne suivrai point en détail ses savantes recherches sur la manière dont ce régime s'établit. Il seroit long d'expliquer comment les princes françois ayant eu de tout temps une compagnie de guerriers fidèles et dévoués à leur personne, et l'usage s'étant introduit, après la conquête, de partager en fiefs une partie des terres pour en doter les serviteurs du Roi, ces fiefs devenus héréditaires donnèrent naissance au vasselage féodal. De ses recherches, il résulte encore que le servage paroît avoir été moins l'effet des grandes invasions, que la suite du droit des gens selon lequel les diverses cités s'étoient fait autrefois la guerre ; que lorsque la foiblesse du gouvernement laissa la nation exposée à se décomposer, les élémens se trouverènt si vigoureusement constitués que, bien que leur constitution ne pût remédier aux maux infinis attachés à ces époques désastreuses, et que même souvent elle en fût l'occasion, elle sut faire sortir des biens infinis de cet ordre, rappelant dans le monde la fraîcheur des temps héroïques, préparant des mœurs à l'Europe, établissant dès-lors une prospérité qui se prouve par des faits évidens ; apprenant aux siècles à venir que les vrais élémens de la monarchie ne sont pas des individus, mais des familles, des ordres, des cités et seigneuries secondaires. Le principal défaut de ce régime, (1) dans les temps où il se forma, fut qu'étant né, non de la sagesse, mais de la foiblesse des rois, les élémens se trouvèrent trop forts et l'empire impuissant, jusqu'à ce qu'un grand fief uni à la couronne opéra le rétablissement de l'équilibre monarchique; enfin, depuis le règne de saint Louis, les affranchissemens s'étant introduits de toute part, le monde vit, pour la première fois peut-être, l'esclavage, détruit faire place à cette inégalité nécessaire, que Tacite regarde comme l'un des attributs de la liberté.

Qu'il nous soit permis de donner quelqu'étendue à cette dernière idée.

C'est un point reconnu, je crois, que les droits de cité pouvant être possédés en un degré plus ou moins complet, ils doivent être distribués à chaque peuple et à chaque classe en proportion de son caractère présumé (2). Voilà pourquoi certains peu-

---

(1) Montesquieu dit quelque part que l'hérédité des fiefs éteignit le gouvernement politique. Je ne serois pas étonné que plusieurs en eussent conclu qu'il regardoit le régime féodal comme le fléau des États.

(2) « Le docteur de la loi se remplit de sagesse dans l'aisance du loisir, il n'est point courbé vers la terre par les « occupations.

« Le laboureur et l'ouvrier sont sages aussi dans leur « art; la cité ne peut subsister sans les services qu'ils lui « rendent.

« Mais ils ne seront pas appelés aux assemblées publi« ques; ils ne s'assiéront pas sur le tribunal du juge, ils « n'expliqueront pas les oracles de la loi; leurs mérites se« ront de préparer les nécessités de la vie; leurs prières,

ples sont propres à la république, d'autres au gouvernement d'un seul. Ce n'est pas qu'il ne se trouve dans chaque peuple républicain, et dans chaque classe monarchique, des personnes ou des familles qui sortent du caractère commun; mais les exceptions ne doivent point détruire la règle, d'autant plus qu'elles ont leurs remèdes.

Si vous supposez une nation où toutes les classes offrent un caractère parfaitement uniforme, il sera bon de distribuer les droits de cité dans une égalité entière. Mais cette nation seroit difficile à trouver: car la nature même des fonctions nécessaires au corps social, développant, selon les classes, divers ordres de faculté, imprime dans l'état cette hiérarchie dont le germe est dans le caractère humain; et cela est si évident au simple sens commun, que l'expérience ne nous apprend rien de nouveau, lorsqu'elle prouve que toute société vertueuse requiert une certaine somme de subordination et d'inégalité. Si bien que dans ces anciennes républiques où les droits de cité ont été partagés avec une égalité extrême entre les citoyens, cette égalité étoit en quelque sorte

---

« d'exercer ass dûment leur art, s'appliquant à régler leur « vie sur les préceptes du Très-Haut. » *Ecclésiastique*, ch. 38, vers. 25—39.

Quoique l'*Ecclésiastique* soit un livre d'une sagesse frappante, même en faisant abstraction de son autorité, et quoique ce qu'il dit soit conforme à la doctrine des philosophes qui nous ont transmis les institutions de la Grèce, (IV. 8.) je suis bien éloigné d'en conclure que tout ce qui s'applique aux arts et métiers, ou à l'agriculture, doive être étranger à toute sorte d'assemblée publique. Les passages de ce genre ne font qu'établir un principe dont l'application dépend de mille circonstances.

rachetée par l'extrême dépendance des sujets de chaque famille. L'état entier étoit une démocratie; chaque maison renfermoit un empire despotique.

Mais l'homme n'étant point fait pour les extrémités, ne trouve le vrai bonheur, ni sous l'esclavage complet, ni dans la liberté extrême; mais dans un ordre de choses proportionné pour chacun à la trempe de son caractère. Or, c'est ce qui se trouve dans le tempérament des monarchies que vante Moutesquieu; et l'on ne peut dire à quel point le commerce des sentimens attachés à cet ordre, donne de vie aux mœurs et de beauté au tableau social. C'est là qu'on voyoit d'une part la race des paysans conservant la simplicité des premiers âges du monde, habiter de petites monarchies, lesquelles, étant subordonnées et protégées, n'avoient ni le poids ni la foiblesse de celles qui, suivant notre auteur, ne purent subsister autrefois dans une trop petite étendue. D'une autre part, les habitans des grandes villes, vrais descendans du peuple formé par le mélange des Romains et des citadins gaulois, les habitans des grandes villes, adonnés au commerce et aux manufactures, étoient plus propres au régime municipal, sorte de république, tandis que la plupart des gentilshommes répandus dans les campagnes, sentoient leur antique Germanie. Le clergé, les universités, classes factices, et qui puisent leurs membres dans les autres, pouvoient servir de contrepoids à leurs intérêts respectifs. Les prêtres et les lettrés, dont les fonctions ont partout tant d'ascendant, et qui, chez nous, sembloient avoir hérité de celui qu'avoient eu leurs prédécesseurs, même avant l'évangile et la monarchie; ces corps, dis-je, ne contribuoient pas moins que la magistrature à conserver les antiques traditions, et à maintenir la constitution sociale.

Pour donner de la consistance aux mœurs et à l'Etat, il faut attacher les hommes à quelque chose de fixe : à leur famille, à leur rang, au terrain. Quoiqu'il ne soit pas dans nos mœurs de fixer les enfans dans la condition de leurs pères, il est bon qu'ils la suivent, et qu'ils y soient ramenés par de puissans ressorts. Il est bon que les mêmes mœurs et la même condition se prolongent dans chaque famille, comme l'a remarqué J. J. Rousseau (1). L'esclavage de la glèbe a sans doute quelque chose de misérable; mais il n'est pas impossible de fixer des hommes libres. Qu'ils trouvent de la satisfaction dans le séjour de leurs terres, dans la persévérance à suivre leur premier état; que la plus grande force des lois pèse sur les gens qui ne veulent tenir à rien; que chacun obtienne plus de liberté et une condition meilleure, comme habitant de telle cité municipale, comme se réclamant de tel patron, comme attaché à telle profession, comme suivant celle de ses pères, que comme simple règnicole : si le passage d'un ordre à l'autre est

---

(1) « Rien n'est plus funeste aux mœurs et à la république que les changemens d'état et de fortune entre ses « citoyens, changemens qui sont la preuve et la source « de mille désordres, qui bouleversent et confondent tout, « et par lesquels ceux qui sont élevés pour une chose se « trouvant destinés pour une autre, ni ceux qui montent, ni « ceux qui descendent, ne peuvent prendre les maximes ni « les lumières convenables à leur nouvel état, et beaucoup « moins en remplir les devoirs. » *Discours de J. J. sur l'Economie politique.*

difficile ou lentement gradué; si chaque province a ses mœurs, ses coutumes, son régime, ses priviléges; en un mot, si les divers élemens de la société vivent sous des lois proportionnées à leur propre caractère, chacun prendra l'esprit de corps, et ces corps offriront autant de patries élémentaires dont l'ensemble sera la consistance et l'organisation monarchique. Car le commun des hommes ne s'attache fortement qu'à une patrie resserrée, et, pour ainsi dire, visible.

Ainsi, les divers ordres qui constituent la monarchie semblent offrir autant de cités distribuées ou entrelacées dans une seule patrie, qui se trouve ainsi rapprochée des citoyens, et resserrée dans une juste étendue. Ils forment ensemble une sorte de confédération réglée par la constitution, et garantie par l'autorité du monarque : système admirable, où les ordres les plus relevés participant plus pleinement aux droits politiques, couronent cette hiérarchie sur laquelle s'élève si dignement la majesté royale, et par laquelle le peuple entier reçoit une nouvelle force et un plus grand ressort pour supporter le poids du trône.

Après avoir puisé dans Montesquieu ces idées sur la monarchie, voyons ce qu'il dit de l'objet et des avantages de la constitution d'Angleterre. Et c'est ici que nous prions le lecteur de donner plus d'attention que n'ont fait la plupart de ceux qui croient connoître sur cet article l'esprit de notre auteur.

Nous avons défini plus haut la liberté politique : « Il y a une nation dans le monde qui l'a prise pour l'objet *direct* de sa constitution (XI, 5). On y a considéré qu'une constitution peut être telle » (pourvu qu'elle soit bien observée), » que personne ne sera contraint de faire des choses auxquelles la loi ne l'oblige pas, et de ne point faire celles que la loi lui permet » (XI, 4). La liberté ainsi définie n'est point cette indépendance que plusieurs confondent avec elle; mais elle est la vraie liberté, et c'est une justice que rend Montesquieu aux lois angloises. Les Anglois jouissent-ils actuellement de cette liberté? « Ce n'est point à moi de l'examiner; il me suffit de dire qu'elle est établie par leurs lois, et je n'en cherche pas davantage (XI, 6). » Car ce ne sont pas les lois seules qui maintiennent la liberté.

Mais quand il seroit reconnu que les Anglois en jouissent au plus haut degré, cela devroit-il mortifier ceux qui n'ont qu'une liberté modérée? « Comment dirois-je cela, moi qui crois que l'excès même de la raison n'est pas toujours désirable, et que les hommes s'accommodent presque toujours mieux des milieux que des extrémités? (XI, 6.) » Et la raison en est que, poursuivant une espèce particulière de biens au-delà de certaines bornes, on en perd de plus essentiels.

Voulez-vous reconnoître de plus près combien cette liberté que prétend assurer la constitution d'Angleterre, est de nature bornée, il suffit de lire la définition qu'en donne Montesquieu. « C'est, dit-il, cette tranquillité d'esprit qui provient de l'opinion que chacun a de sa sûreté; et pour qu'on ait cette liberté, il faut que le gouvernement soit tel, qu'un citoyen ne puisse pas craindre un autre citoyen (XI, 6) » Or, les abus d'autorité ne sont qu'une seule branche des maux que chacun peut avoir à craindre de ses semblables; il doit suffire d'avoir des ressources probables pour se préserver des plus grands, et de n'y être pas plus exposé qu'aux autres accidens de la vie; et si vous prétendez aller plus loin, achetant trop chèrement, sur un article, une sécurité superflue, vous altérez la proportion entre les diverses branches de la sécurité.

Il est vrai que cette proportion peut varier suivant les pays, et qu'une nation chez laquelle une liberté d'esprit, une sérénité naturelle, forment une grande partie de la sécurité, ne peut pas juger des mesures prises par une nation impatiente, d'un caractère douloureux, et tant de fois misérablement tourmentée par l'inconstance de ses rois sur les points les plus chers à l'homme. Nous ajouterons volontiers à l'avantage des Anglois, que s'ils peuvent difficilement souffrir une constitution fortement répressive, elle leur est peut-être moins nécessaire qu'à certains autres peuples, où l'indulgence même du climat exige de sévères supplémens. Mais il reste toujours vrai que les diverses sécurités ayant partout une proportion, la liberté qui s'en compose a des bornes, lesquelles justifient le sentiment de Montesquieu sur l'inconvénient de prétendre à une liberté extrême.

« Les monarchies que nous connoissons n'ont pas, comme celles dont nous venons de parler, la liberté pour objet *direct;* elles ne tendent qu'à la gloire des citoyens, de l'état et du prince; mais de cette gloire, il résulte un *esprit de liberté,* qui, dans ces états, peut faire d'aussi grandes choses, et peut-être (1) *contribuer autant au bonheur* que la liberté même, »

---

(1) Ne concluez pas du *peut-être*, que Montesquieu ré-

Il y a plus : sans que les lois l'assurent aussi attentivement, elle peut être aussi assurée : « des mœurs, des manières, des exemples, peuvent la faire naître (XII, 1). Les mœurs du prince y contribuent autant que les lois (XII, 27). » Et s'il est vrai que ces deux causes concourent, chacune pour leur part, à la sécurité des citoyens; s'il est vrai que, dans chaque nation, à mesure qu'une de ces causes agit avec plus de force, les autres lui cèdent d'autant (XIX, 4), on voit comment Montesquieu est d'accord avec lui-même, lorsqu'il préfère à cette liberté extrême directement assurée, les constitutions qui préparent dans le cœur des princes et des peuples les titres d'une liberté modérée (1).

Mais pour bien entendre cette doctrine, rassemblons ses diverses parties sous un même point de vue.

Après avoir donné plusieurs notions de la liberté, l'auteur s'attache à décrire la vraie liberté politique sous deux rapports; l'un, en tant qu'elle est celle du citoyen; l'autre, en tant qu'elle règne dans la constitution.

---

voque cela en doute; rien ne lui est plus familier que ces expressions modérées. C'est ainsi qu'il a dit : L'excès de la raison « n'est pas *toujours* désirable, et les hommes s'accommodent « *presque toujours* mieux des milieux que des extrémités. » Maxime indubitable qu'il prononce de la manière la plus solennelle, XXIX, 1. et qui sert de base au passage, objet de cette note.

(1) Je dis qu'il préfère cet esprit de liberté modérée, quoiqu'il exprime son jugement sous la forme du doute; car le principe sur lequel il se fonde prouve, comme nous l'avons déjà remarqué, que ce doute n'est autre chose qu'une figure de style. *Omnis sermo vester dubitationis sale sit conditus.*

La liberté, dans son rapport avec le citoyen, a diverses définitions; mais leur esprit commun est qu'elle résulte des lois qui nous assurent l'exercice sans trouble de nos droits et de nos devoirs.

La liberté, par rapport à la constitution, se trouve dans une distribution de pouvoirs telle, que l'un arrête les entreprises de l'autre.

La liberté du citoyen est, sans doute, la plus précieuse des deux, et c'est celle-là qui, suivant Montesquieu, peut naître des mœurs du prince ou de celles de la nation, des manières, des exemples reçus.

Quant à la liberté dans son rapport avec la constitution, il n'y a, nous dit-il, que la disposition des lois, et même des lois fondamentales qui la forme. (XII, 1.)

Cependant, sur ce point, il faut faire quelques réflexions.

1.° Si l'on pouvoit trouver une autre cause que le pouvoir proprement dit, laquelle modérât le pouvoir, elle produiroit les effets de la liberté par rapport à la constitution; or, est-il impossible d'en imaginer de telles? Par exemple, des maximes transmises dans une race ancienne et dans des ordres monarchiques, où l'on pourroit conclure que le clairvoyant Aristote (1), lorsqu'il considère les qualités du prince et l'origine de son pouvoir, n'a peut-être pas fait une distinction superflue; car l'usurpation inspire des maximes bien différentes de celles du titre ancien et légitime. Il est vrai que dans une monarchie, ces conduites perpétuées peuvent en quelque sorte s'appeler lois fondamentales.

(1) Cité par Montesquieu, XI. 9.

Au reste, cette première observation sort un peu de notre sujet, parce que nous avons à chercher la doctrine de Montesquieu, et non les modifications qui pourroient y être apportées.

2.° La distribution des pouvoirs peut être faite sur plusieurs plans, et offrir des formes très-différentes.

En effet, notre auteur représente le plan adopté par les Anglois comme celui d'une liberté extrême, et d'un autre côté, il dit de l'ancien régime de l'Europe, qu'il ne croit pas qu'il y ait eu sur la terre de gouvernement si bien tempéré, et que cette espèce de gouvernement, est la meilleure que les hommes aient pu imaginer.

Cet équilibre tant cherché peut donc conduire à deux systèmes différens, dans l'un desquels on ne sait qu'affoiblir la puissance souveraine en décomposant son essence, parce que l'affoiblissement du corps social, l'affaissement de son organisation, en un mot, son *libéralisme*, ne peuvent supporter rien de fort, tandis que dans l'autre système, le nerf de l'autorité souveraine, subsistant dans sa force et son intégrité, s'exerce sur une nation dont l'organisation robuste modère son action. On n'y voit point la constitution appauvrie se retirer dans un ou deux organes, mais elle est imprimée dans toutes les parties de l'Etat; elle anime cette masse, et se mêle dans ce grand corps. Or, c'est de l'exercice d'une autorité libre et vigoureuse, sur un peuple taillé en force, que résulte le ressort des mœurs et la santé politique : telle est, ce me semble, la raison des deux jugemens si différens que porte Montesquieu sur l'ancien régime de l'Europe et sur la constitution d'Angleterre, lorsqu'il fait de l'un un éloge auquel on ne peut rien ajouter, et qu'il dit de l'autre : « Les « Anglois, pour favoriser la liberté, ont ôté toutes « les puissances intermédiaires qui formoient leur « monarchie ; ils ont bien raison de conserver cette « liberté : s'ils venoient à la perdre, il seroit un des « peuples les plus esclaves de la terre. »

Après avoir exposé les principes de Montesquieu sur la liberté, et avoir vu une partie de l'application qu'il en fait, nous ajouterons quelque chose sur ce dernier article.

Toutes les fois que cet auteur prononce le mot de liberté et la vante (comme il est juste de le faire) plusieurs imaginent d'abord qu'il a dans l'esprit l'Angleterre, la Hollande, ou quelque semblable république.

Cependant il ne cesse de dire que l'Europe, l'ancienne Europe, est l'asile de la liberté, quoiqu'elle y règne en différens degrés.

Il distingue la liberté extrême et la liberté modérée ; il montre la première dans la constitution d'Angleterre, mais il est bien éloigné de la préférer à la liberté modérée dont jouissoit l'ancienne monarchie.

La constitution d'Angleterre est libre au dernier point. S'ensuit-il que l'Anglois jouisse de cette liberté? Silence : contentons-nous d'apprendre que ce beau système est plus libre que celui d'Harrington, et que la liberté y paroît comme dans un miroir.

Sans vouloir pénétrer le silence de Montesquieu, je me ferai une question. Nous avons reconnu que la liberté, dans son rapport avec le citoyen, avoit des limites essentielles, et qu'elle dépendoit, en grande partie, du caractère public ; mais la liberté, dans son rapport avec la constitution, dès qu'elle est une fois établie par les lois, ne se soutient-elle pas par elle-même ?

Sur cet article se présente d'abord une réflexion bien simple ; pour que le pouvoir limite réellement le pouvoir, il faut que l'un des deux termes soit incorruptible, et que la nature des choses s'oppose à sa corruption ; or, notre auteur, un moment avant de se taire sur le présent, prévoit un avenir où la corruption aura lieu.

Mais le germe du mal n'est-il pas dans la nature d'un état où la destruction des ordres intermédiaires et des attributs communs de la monarchie ne laissant point d'objet à une ambition modérée, montre en même temps la fortune comme base de toute considération politique ?

Il semble donc que chacun des deux genres de liberté a ses limites particulières, et tombe en des vices dangereux lorsqu'il veut les franchir ; mais de plus ne peut-il pas arriver qu'ils se limitent encore mutuellement ? c'est-à-dire, un état ne peut-il pas être tel, que ce que vous feriez pour avoir une constitution extrêmement libre, pourroit nuire à la sécurité du citoyen, ou réciproquement ? C'est ce dont Montesquieu nous fournit un exemple. « Il faut remar« quer, dit-il, que les trois pouvoirs peuvent être « bien distribués, par rapport à la liberté de la cons« titution, quoiqu'ils ne le soient pas si bien dans le « rapport avec la liberté du citoyen. » Tel étoit l'état de Rome avant les Gracques ; ces hardis novateurs, ne craignant pas de faire mieux, rompirent l'équilibre de la république romaine. « Ils choquèrent la « liberté de la constitution pour favoriser la liberté

« du citoyen ; mais celle-ci se perdit avec celle-là. » (XI, 18).

Si donc la liberté à l'usage des humains se trouve limitée en tant de manières, et par tant de raisons, lorsque l'*Esprit des Lois* la décrit quelque part portée au point extrême, que pouvons-nous y voir, sinon un peintre qui prend soin de rassembler des couleurs dans toute leur pureté, quoiqu'il se garde bien de vouloir les employer entières?

D'où vient donc que tant de lecteurs lui ont attribué une prédilection marquée pour la constitution anglicane? Ce qui précède peut déjà le faire comprendre ; mais on ne sauroit expliquer trop clairement la source d'une erreur laquelle a fait autant de ravages dans la politique moderne, que les fausses décrétales en ont fait autrefois dans la discipline de l'Eglise.

Montesquieu n'est point un auteur dont il soit facile de connoître le jugement avec une légère attention, à moins qu'il ne l'exprime lui-même; ce qu'il fait peu souvent et sans s'appesantir. Il ne dissimule point les défauts de ce qu'il approuve, ni les avantages de ce qu'il n'approuve pas en entier. C'est peut-être ce qui lui a valu les critiques, souvent hasardées, d'un zèle louable, mais ombrageux pour l'antiquité religieuse, et les fausses interprétations des partisans des profanes nouveautés.

Quand Montesquieu parle de l'état populaire, on diroit qu'il y voit l'état par excellence; quand il vient à la monarchie, il prouve que la liberté ne lui convient pas moins qu'à l'état populaire, et qu'elle a de grands avantages sur toutes les autres formes de gouvernement. Entreprend-il de décrire la constitution d'Angleterre, il emploie les plus belles figures et les plus riches développemens pour exalter la justesse de ses combinaisons. Vous croyez qu'il la préfère à tout ce qui a existé dans le monde; à l'instant il vous prouve, par des raisons invincibles, que tout son livre répugne à cette supposition : ailleurs, il emploie un chapitre à montrer ce qu'il y avoit de raisonnable dans le combat singulier et la preuve par l'eau bouillante. (XXVIII, 17). Quelquefois il explique le bon effet de certains vices, tels que la mauvaise foi et la frivolité ; il montre même comment cette loi romaine qui condamnoit à mort des esclaves innocens dérivoit du droit des gens. (XV, 16).

Voilà ce qu'il faut avoir présent pour connoître la méthode de notre auteur.

Sur l'article de l'Angleterre, il avoit deux choses à faire : l'une de montrer ce que l'objet de son gouvernement a de propre et de distinctif; l'autre de chercher si les moyens qu'on a pris pour le remplir, s'accordent avec leur objet. Or, il est visible que le point décisif est moins de savoir si l'Angleterre atteint son but, que de savoir si ce but en lui-même est préférable au nôtre. Car la condition des Anglois peut être défectueuse en deux manières : l'une, s'ils se proposent un objet moins désirable que le nôtre; l'autre, s'ils ne peuvent y atteindre.

Voyons le sentiment de notre auteur sur l'un et l'autre point.

Après avoir expliqué la curiosité de son siècle (la constitution d'Angleterre), avec cet esprit lumineux que nous trouvons partout dans son livre, mais d'autant plus brillant ici, qu'il avoit été à portée de faire une étude particulière des lois de ce pays, il ne balance pas à dire qu'elles remplissent parfaitement leur but; et néanmoins il garde un silence affecté sur la question de savoir si les Anglois jouissent actuellement de cette liberté à laquelle ils ont fait de si dangereux sacrifices : silence qui s'accorde très-bien avec les égards que l'auteur devoit à cette nation; mais silence qui dit beaucoup dans la bouche de celui suivant lequel, « la liberté d'un peuple est la constitution dont on jouit. » Car la première qualité d'une constitution est-elle de promettre des avantages extrêmes, ou d'être telle qu'elle prépare aux peuples la jouissance de ses bienfaits?

Cependant Montesquieu trouve ici l'occasion de flatter l'Angleterre, en comparant sa constitution réelle avec celle du systématique Harrington, lequel, s'étant aussi proposé l'extrême degré de la liberté politique, n'y a pas si bien réussi; jugement exprimé d'une manière très-agréable.

Mais lorsqu'il vient à comparer l'objet de l'Angleterre avec l'esprit de nos vraies monarchies, ce n'est plus la même chose.

« Cette liberté politique extrême doit-elle mortifier ceux qui n'en ont qu'une modérée? Comment dirois je cela, moi qui crois que l'excès de la raison même n'est pas toujours désirable, et que les hommes s'accommodent presque toujours mieux des milieux que des extrémités? » Pouvoit-il exprimer d'une manière plus énergique son sentiment sur le degré d'envie que nous devons porter au bonheur de ces insulaires? Ailleurs, en différens endroits (1), il dit que les monarchies allant droit à la gloire et à la grandeur d'âme, sans s'arrêter à cette sécurité

(1) Ce que je dis ici résulte de divers passages, lesquels se trouvent en cet écrit.

que veulent s'assurer les Anglois, inspirent un esprit de liberté non moins capable de contribuer au bonheur que la liberté même. C'est-à-dire, en d'autres termes, qu'elles aspirent à un but plus relevé que la simple liberté, et qu'elles ne négligent de s'en trop assurer par les lois, que pour mieux l'imprimer dans les âmes. Les Anglicans ont glissé sur cette profession des sentimens de Montesquieu, c'est-à-dire, sur le point essentiel : ils n'ont voulu y voir qu'une consolation offerte à ceux qui n'ont pas le bonheur de vivre en Angleterre, et une sorte de ménagement politique, pour se rendre supportable à ses concitoyens. Comme si ce que dit ici cet auteur essentiellement françois, n'étoit pas la conséquence de tout son livre; ce qu'il nous est facile de prouver en peu de mots jusqu'à l'évidence.

Le caractère et le mérite des lois angloises est de tendre à une liberté politique extrême. Il existe d'autres lois dont l'effet est de faire naître une liberté modérée. Si donc le même Montesquieu, qui nous apprend ces deux points, reconnoît que rien d'extrême n'est désirable ici-bas, et que les milieux conviennent mieux à l'homme que les extrémités, la conséquence n'est-elle pas évidente? Et celle qu'il a tirée lui-même de ce raisonnement est-elle une simple condescendance, ou un jugement porté, non par notre auteur même, mais par le principe qu'il avance? Reste à savoir si ce principe est un mot avancé légèrement pour l'usage de la circonstance. Il ne perd pas une occasion de le reproduire dans son livre. Il en est peu sur lesquels il appuie aussi ferme; et vous lisez enfin, liv. XIX, chap. 1er : « Je le dis, et il me semble que je n'ai fait cet ouvrage que pour le prouver : l'esprit de modération doit être celui du législateur, *le bien politique, comme le bien moral, se trouve toujours entre deux limites.* » Assurément, il étoit difficile de s'exprimer d'une manière plus formelle. Or, ce principe est celui qu'il se rappelle d'abord (1), comme un des articles capitaux de sa doctrine, quand il veut comparer le mérite de la liberté extrême avec celui de la liberté modérée : « Comment dirois-je cela? moi qui crois... » et la suite.

Ce qui a favorisé une interprétation aussi fausse, est apparemment la manière étendue dont on a vu Montesquieu développer le mécanisme politique des Anglais, et l'approbation qu'il lui donne. Mais quand cette approbation ne seroit pas altérée par une réticence si fâcheuse, le maître de l'économe cité dans l'Evangile peut-il être soupçonné d'avoir loué son dessein parce qu'il a loué sa prudence (2)? Mais l'architecte qui feroit une admirable description des moyens employés pour soutenir un édifice ébranlé, et qui montreroit qu'ils sont propres à remplir leur objet, devroit-il être censé les préférer à la hardiesse et à l'élégance primitive? Devroit-on le prétendre quand il apprendroit le contraire, et quand il résulteroit de toute sa doctrine, qu'il ne peut penser autrement?

---

(1) Règle générale; pour connoître l'esprit d'un auteur, lequel ait besoin d'être deviné, considérez moins ce qu'il dit de l'objet en question que les principes par lesquels il enseigne.

(2) « Rien n'étoit plus contraire au bon sens que le combat « judiciaire ; mais ce point une fois posé, l'exécution s'en fit « avec une certaine prudence. » XXVIII. 23.

Ainsi les éloges de détail qu'il donne aux diverses parties de la constitution angloise, sont essentiellement subordonnés au jugement qu'il porte sur le tout; quand il dit d'une disposition adoptée chez les Anglois, qu'elle est une base de la liberté, ou le moyen de faire de bonnes lois; ce qu'il dit ne peut s'appliquer qu'à ce genre de liberté directe où vise l'Angleterre, et aux lois analogues à ce plan (1); rien n'autorise à croire qu'il veuille le transporter au plan des monarchies où le bonheur et la liberté modérée naissent du peu de soin qu'on a pris de stipuler une liberté extrême.

Il est vrai que cet appareil de ressorts politiques a pu séduire l'admiration d'un siècle où les grands principes du bien étant devenus peu sensibles, on vouloit les toucher; suppléer par des analyses et des combinaisons scientifiques aux moyens simples et généreux par lesquels une riche nature sait opérer le bonheur et la prospérité; renoncer aux formes vivantes, qui supposent des mœurs et des sentimens dont la force n'étoit plus supportée, et leur substituer les machines où pussent s'appliquer les passions d'intérêt et d'indépendance. Parce qu'on est tombé dans cette séduction, on s'est laissé aller facilement à croire que le grand Montesquieu l'avoit lui-même partagée. De là l'erreur de prendre son jugement pour des égards, et ses égards pour son jugement. Ce que je vais dire là-dessus n'est plus qu'une conjecture. Mais il me semble qu'en le con-

---

(1) Quelques-unes des maximes qu'il applique à l'objet de cette constitution sont générales, sauf modification; plusieurs énoncées d'une manière absolue sont propres à cette constitution. Il faut en juger par l'ensemble de son ouvrage.

sidérant de près, on trouvera que son plan et sa doctrine, l'obligeant à dire des vérités un peu graves sur les systèmes d'une nation qu'il vouloit, avec raison, ménager, il a cherché tous les assaisonnemens qui pouvaient rendre ces vérités moins amères. Est-il obligé de dire, pour reprendre les destructeurs des élémens monarchiques, qu'ils ont l'aveuglement d'imiter ce qu'a fait le parlement d'Angleterre? Ajoute-t-il que, pour aller à cette liberté extrême où ils tendent, ils ont sapé les bases naturelles de la monarchie, et se sont exposés à devenir le peuple le plus esclave de la terre, dès qu'ils se relâcheront sur le zèle pour cette liberté? Il dit aussi qu'elle est établie par leurs lois en un degré qui surpasse jusqu'aux systèmes; et il garde un fidèle silence sur les abus qui pourroient l'altérer. Il ne dit pas, je crois, un seul mot de certains moyens qui souvent ne sont pas sans quelque influence sur les opérations du parlement d'Angleterre, quoiqu'ils lui fussent bien connues, comme nous l'allons voir. Il insinue seulement, qu'en un temps qu'il ne désigne pas, et en une circonstance qu'il désigne, l'état perdra par là sa liberté. Et c'est dans la phrase suivante qu'ayant élevé la question, si les Anglois jouissent actuellement de cette liberté, il garde là-dessus le silence. Nous aurons plus d'une occasion d'observer ce ton de réserve; et certes il ne falloit pas moins pour tempérer les choses que nous allons transcrire.

Voyons à combien de misères tiennent ces prétentions à une liberté extrême; tableau triste et pénible qui justifiera la sagesse de la grande maxime de Montesquieu (1).

---

(1) Elle équivaut, en quelque sorte, au proverbe: *Il n'y a pas de plus grand ennemi du bien que le mieux.*

« Je ne dis point que le climat n'ait produit en grande partie les lois, les mœurs et les manières dans cette nation, mais je dis que les mœurs et les manières de cette nation devroient avoir un grand rapport à ses lois. » (XIX. 27.)

Suivent les causes et les effets de ces lois.

« Dans une nation à qui une maladie du climat affecte tellement l'âme, qu'elle pourroit porter le dégoût de toutes choses jusqu'à celui de la vie, on voit bien que le gouvernement qui conviendroit le mieux à des gens à qui tout seroit insupportable, seroit celui où ils ne pourroient pas se prendre à un seul de ce qui causeroit leurs chagrins, et où les lois gouvernant plutôt que les hommes, il faudroit pour changer l'état, les renverser elles-mêmes.

« Que si la même nation avoit encore reçu du climat un certain caractère qui ne lui permît pas de souffrir long-temps les mêmes choses (1), on voit que le gouvernement dont nous venons de parler, seroit encore le plus convenable. » (XIV. 13.)

Ajoutez à ces effets du climat le défaut de constance, de modération, de sagesse, dans plusieurs

---

(1) L'Anglois ne peut long-temps souffrir les mêmes choses, ni le François en jouir. L'un sent toujours de nouveaux maux à fuir; l'autre imagine sans cesse de nouveaux biens à chercher. Le grand analyste anglois, lorsqu'il veut montrer le principe déterminant des actions humaines, le place dans cette impatience. Thomas Smith dit que la torture ne peut pas être employée en Angleterre, parce que les hommes y sont plus incapables de souffrir la douleur que la mort.

Les philosophes expliqueroient sans peine comment la mobilité qui cherche, offre, à la longue, plus de constance que la mobilité qui fuit; comment l'une ne veille qu'à prendre des sûretés contre le prince, l'autre est dans un état violent si elle ne se confie.

de ses anciens rois ; les révolutions grandes et fréquentes, les froissemens continuels qu'a éprouvés par là l'antique assiette de la nation.

Dans ce même gouvernement, « toutes les passions y étant libres, la haine, l'envie, la jalousie, l'ardeur de s'enrichir et de se distinguer, y paroîtroient dans toute leur étendue ; » et ces passions sont tellement les ressorts qui l'animent, que, « si cela étoit autrement, l'état seroit comme un homme abattu par la maladie qui n'a point de force. »

« Comme chaque particulier toujours indépendant, suivroit beaucoup ses caprices et ses fantaisies, on changeroit souvent de parti ; on en abandonneroit un ou on laisseroit tous ses amis, pour se lier à un autre dans lequel on trouveroit tous ses ennemis ; et souvent dans cette nation, on pourroit oublier les lois de l'amitié et celles de la haine. »

« Le monarque seroit dans le cas des particuliers, et, contre les maximes ordinaires de la prudence, il seroit souvent obligé de donner sa confiance à ceux qui l'auroient le plus choqué, et de disgracier ceux qui l'auroient le mieux servi, faisant par nécessité ce que les autres princes font par choix. »

« Cette nation, toujours échauffée, pourroit plus aisément être conduite par ses passions que par la raison, *qui ne produit jamais de grands effets sur l'esprit des hommes* (1), et il seroit facile à ceux qui la gouverneroient, de lui faire faire des entreprises contre ses véritables intérêts. » (XIX. 27.)

Parmi les passions par lesquelles cette nation peut recevoir de pareilles impressions, il en est une

(1) Lieu commun inutile ici, mais exemple remarquable de ces adoucissemens dont nous avons parlé.

résultante directement de la nature de son gouvernement. Nous pouvons suppléer ici au silence de Montesquieu par une anecdote tirée de son éloge.

Ayant rencontré à Venise le célèbre Law, la conversation tomba un jour « sur le fameux système.... époque de tant de malheurs et de fortunes, et surtout d'une dépravation remarquable dans nos mœurs. Comme le parlement de Paris.... avoit fait éprouver au ministre écossois quelque résistance dans cette occasion, M. de Montesquieu lui demanda pourquoi on n'avoit pas essayé de vaincre cette résistance par un moyen *presque toujours infaillible en Angleterre*, par le grand mobile des actions des hommes, en un mot par de l'argent. Ce ne sont pas, répondit Law, des génies aussi ardens et *aussi généreux* que mes compatriotes, mais ils sont beaucoup plus incorruptibles. » Au reste je ne me fais pas une idée nette de ce que valoit dans la langue de Law l'épithète *généreux* (1) qu'il donne à ses compatriotes, tout en laissant croire qu'on pouvoit espérer les corrompre à prix d'argent, au point de se prêter à un système aussi désastreux que celui des billets de banque.

Je ne dis point que cette vertu ne se trouve aussi grande et aussi fréquente en Angleterre qu'en au-

---

(1) Que ne les qualifioit-il simplement *libéraux?* d'autant mieux que d'Alembert assure judicieusement qu'en vendant leur suffrage ou leur silence, ils ne font qu'exercer leur liberté. Au reste, si l'on veut voir comment la circonstance d'être incorruptible semble souvent nuire à la générosité, sans avoir recours à Salluste ou aux Offices de Cicéron, il suffit de lire le 6e et le 7e paragraphes du ch. III, liv. 3, de notre auteur : « C'est la frugalité qui est l'avarice, et non pas le désir d'a« voir. » Nous invitons à lire ces deux paragraphes en entier.

cun autre pays, même parmi ses députés; mais je ne puis m'empêcher d'en conclure que sa constitution n'est pas entièrement assise sur ce que le caractère anglois a de pur et d'incorruptible; et si jamais la corruption venoit à former également et les suffrages et l'élection de ceux qui les portent, ce beau système de représentation nationale, ne donnant plus que les représentans de la brigue et de l'intérêt particulier, devroit-il inspirer aux autres peuples un tel enthousiasme, qu'ils y sacrifiassent les principes de leurs antiques gouvernemens? à moins que certains patriotes ne veuillent un jour cultiver cette nouvelle branche de commerce.

Mais continuons de transcrire Montesquieu.

« Cette nation deviendroit souverainement jalouse, et elle s'affligeroit plus de la prospérité des autres, qu'elle ne jouiroit de la sienne. » (XIX. 27.) Et notre auteur attribue cette jalousie à ses intérêts mercantiles.

Ici se présente un problème qui mérite beaucoup d'attention, et dont la solution ne sera pas inutile à l'éclaircissement de notre sujet.

Montesquieu nous peint les Anglois comme une nation souverainement jalouse, ou plutôt envieuse de la prospérité d'autrui; il nous dira plus loin qu'elle aime donner à ses colonies la forme de son gouvernement, et l'expérience apprend qu'elle montre un zèle extrême à le faire reconnoître chez les peuples voisins; cependant le même auteur ajoute que ce gouvernement porte avec soi la prospérité: toutes ces prétentions peuvent-elles s'accorder ensemble?

Voici, je crois, l'explication de ce mystère.

Ce que Montesquieu appelle ici prospérité, n'est

autre chose que l'abondance des produits ; or il est certain que les lois à l'angloise ayant le don d'exciter dans les esprits une fermentation habituelle, tandis qu'elles laissent l'émulation tournée vers les seules richesses, sacrifient tout au commerce et à l'industrie, leur donnent un mouvement extrême, et forcent les produits naturels. Il n'est donc pas étonnant qu'elle veuille communiquer son gouvernement aux nations subjuguées, puisque le genre de prospérité qu'elle semble leur procurer par là, « ne sera que précaire et seulement en dépôt pour un maître. » (XIX. 27.)

Mais le commerce, l'industrie, le développement de tous les genres de produits, quoiqu'ils soient en eux-mêmes des choses bonnes et nécessaires, ne sont bons dans chaque nation, qu'autant qu'ils s'accordent avec les vrais principes de son gouvernement; et chaque forme de gouvernement ne les comporte pas dans le même degré (1).

(1) Quelques personnes penseront peut-être que cette circonstance de comporter le plus de commerce, est le caractère du meilleur gouvernement. Si nous en jugeons par la doctrine de Montesquieu, il nous dira que le bon gouvernement pour chaque peuple est celui qui convient au climat, aux mœurs, aux traditions, au caractère; que par conséquent si ces données sont telles qu'elles veuillent un gouvernement monarchique, il faut prendre l'esprit monarchique, lequel ne peut porter qu'un certain degré de commerce, suivant le même auteur. Que si nous recourons aux principes généraux, nous trouverons que ce qui fait le bonheur d'un état n'est pas toujours d'avoir une population, une industrie, des produits extrêmes, et que ces choses sont bonnes dans le degré où elles sont une circonstance de la bonté des mœurs et de la vertu publique, laquelle, s'il en faut croire J. J., l'histoire, et Montesquieu, n'est pas une suite infaillible de ces extrêmes développemens.

Ainsi le système anglican propagé chez les nations voisines, seroit moins pour elles la source d'une prospérité réelle, qu'un moyen très-puissant de les tenir en échec.

Premièrement par la raison générale que les lois d'une nation ne pouvant convenir à une autre, et surtout celles de l'Angleterre à la vraie monarchie, elles seroient le poison des constitutions étrangères.

Ensuite, des assemblées, telles que celles d'Angleterre, pourroient être en certains pays un poids assommant sur l'action du gouvernement; en d'autres, elles deviendroient des instrumens d'intrigues et d'inquiétudes perpétuelles, dont des voisins habiles ne seraient nullement effrayés.

Ajoutez qu'une liberté fondée sur l'esprit de défiance, demande que le roi n'ait point à disposer de puissantes armées; dans ce système les hommes de guerre sont des gens dangereux, à moins qu'on ne parvînt, en cherchant à les aveugler sur leurs vrais intérêts, à séparer dans leur esprit le roi et la patrie, et ménager une froideur soutenue envers le chef suprême.

Alors le militaire, perdant une grande partie de sa considération relative (XIX, 27), l'esprit guerrier s'affoiblira, et « l'influence qu'aura cette île dans les affaires de ses voisins, » en sera plus puissante.

Une autre cause de jalousie, outre celles que Montesquieu a remarquées, est peut-être que cette nation, par sa position, se trouvant obligée d'exercer une puissance supérieure à celle que permet sa grandeur, ne peut se soutenir qu'en épuisant toutes ses ressources (1), que par des moyens sophistiqués;

---

(1) Si l'on examinoit profondément l'état de l'Angleterre, on trouveroit peut-être qu'elle n'est pas dans un état plus

et que, par conséquent, l'assiette aisée et naturelle de ses voisins ne cessant de lui porter ombrage, elle ne peut être tranquille qu'alors qu'elle les voit occupés de leur constitution.

Ainsi, quand elle annonce avec éclat certaines opérations séduisantes et dangereuses, que ses admirateurs imitent de bonne foi, même en devançant leur modèle; quand elle se pare de certaines institutions, moins pernicieuses peut-être chez elle qu'au dehors; quand elle offre une constitution qui, dévorant les ordres intermédiaires (si propres à exciter une émulation modérée), et ne laissant qu'un vide immense entre le peuple et les grands, flatte également l'excès de l'ambition et celui de l'indépendance; en un mot, quand elle nourrit un foyer d'innovation qui n'a plus rien à consumer dans cette île, et mine sourdement les institutions de l'Europe, ce qu'elle aime à communiquer n'est point un bienfait qui détruise le jugement de l'*Esprit del Lois*.

Au reste, en rassemblant les passages de ce livre, lesquels établissent sa doctrine sur l'objet de cet écrit, je ne prétends pas qu'il ne vante sous aucun rapport le régime des Anglois : ces sortes de partialités ne sont point dans l'esprit de l'auteur ni de son ouvrage; ce régime a produit la plupart des effets bons et mauvais que peuvent amener l'estime des richesses et de l'indépendance. Et ne concluez rien de cette dernière passion contre la liberté que leurs lois veulent établir : Montesquieu reconnoît

---

violent du côté des finances que des autres parties de sa situation politique. Un peuple qui, pour aspirer à la liberté extrême, a commencé par renverser les préservatifs naturels de la servitude, a joué et joue à quitte ou double.

qu'elle est la vraie liberté politique portée jusqu'à l'extrême; et que, par cette raison, une pareille nation doit « l'aimer prodigieusement, et qu'il pourroit arriver que, pour la défendre, elle sacrifieroit son bien, son aisance, ses intérêts; qu'elle se chargeroit des impôts les plus durs et tels que le prince le plus absolu n'oseroit les faire supporter à ses sujets. (XIX, 27.) »

« Ce caractère d'impatience (qui rend leur constitution nécessaire) n'est pas grand par lui-même; mais il peut le devenir beaucoup, quand il est joint avec le courage. (XIV, 13.) »

L'esprit de leurs lois éloigne celui des passions qui mènent aux conquêtes, et ce peuple, affranchi de préjugés destructeurs, tourne toutes ses vues vers le commerce.

Bien des gens... dans le dédain ou le dégoût de toutes choses, y seroient malheureux. Mais ils auroient beaucoup de sujets de ne l'être pas. XIX. 27. paragraphe 65.

Enfin ces pénibles passions, dont la description nous attriste, s'adaptent tellement à la machine nationale, qu'elles en mettent les ressorts en jeu.

Mais peut être, pour me servir d'une expression de Pascal, « ce sont des mouvemens fiévreux que la « santé ne peut imiter. »

Quelques graves réformateurs veulent nous communiquer ces mœurs. Ils voudroient dessiner le caractère françois à la manière noire; il en est d'autres qui remuent ciel et terre, pour faire que les lois nées au sein de la mélancolie viennent étendre sur nous la consomption politique. Ces deux idées s'accordent bien ensemble, selon la doctrine de l'*Esprit des Lois;* elle ne sauroient même être séparées; mais nous conseillera-t-il d'emprunter un caractère étranger? « Qu'on donne, dit-il, un esprit de pédanterie à une nation naturellement gaie, l'état n'y gagnera rien, ni pour le dedans ni pour le dehors. Laissez-lui faire les choses frivoles sérieusement, et gaiement les choses sérieuses. » ( XIX. 5. )

« Les Athéniens, (disait un gentilhomme, d'une nation qui ressemble beaucoup à celle dont nous venons de donner une idée), les Athéniens étoient un peuple qui avoit quelque rapport avec le nôtre. Il mettoit de la gaîté dans les affaires....... Cette vivacité qu'il mettoit dans les conseils, il la portoit dans l'exécution. Le caractère des Lacédémoniens étoit grave, sérieux, sec, taciturne. On n'auroit pas plus tiré parti d'un Athénien en l'ennuyant que d'un Lacédémonien en le divertissant. » ( XIX. 7.)

Il est aisé de voir, si l'on connoît tant soit peu notre auteur, quels sont ces Athéniens, ces Lacédémoniens et le gentilhomme bon Français.

Que penseroit ce gentilhomme, sur le sujet de cet écrit ! « Vous me demandez, diroit-il, si la France doit reconnoître les Anglois pour législateurs? C'est plutôt à vous de me dire, si vous voulez être François : car vous savez apparemment que les lois d'un pays conviennent rarement à un autre; et vous jugez aisément si la France et l'Angleterre sont dans le cas de l'exception; si la nation, dont le propre est une certaine ouverture de cœur, une sérénité naturelle, une joie dans la vie, doit subir les lois de la tristesse et de l'impatience; si le royaume circonscrit par la nature dans un espace peu propre à la vraie monarchie, doit vous communiquer la gêne d'un tempérament incertain ; si vous avez à envier le régime d'une nation forcée à s'épuiser en efforts ambitieux, parce qu'elle est trop faible pour son importance et trop forte par sa position ; en un mot, si ce peuple françois qui n'aime que la guerre, ne craint que de trop pousser ses conquêtes, ne sait que s'endormir avec sécurité au milieu de l'Europe, c'est-à-dire au milieu des armes, imitera la sollicitude de celui qui, retranché dans son île, a reçu de la mer les lois qu'il veut donner au monde. Je n'ai point dissimulé, ce me semble, quelle part le climat et la maladie de ces Insulaires avoient à leur constitution. Quant à celle de nos pères, si j'ai quelquefois éprouvé l'assistance d'un génie, c'est dans les recherches qu'il m'a fallu faire pour découvrir ses racines vivaces et profondes. Je me rappelle bien que, dès ma première jeunesse, on vantoit déjà le penser et la législation des Anglois. Aussi n'ai-je rien eu plus à cœur que d'aller à la source ; et réellement leur constitution me fut expliquée par de si habiles gens, que je pris plaisir à décrire ce mécanisme dans mon livre ; ceux qui l'amenèrent à ce point furent sans doute des hommes réfléchis, et j'aurois trouvé très-habile encore l'inventeur d'un lit où le malade, tout couvert de plaies irritables, pourroit avoir une sorte de repos. Je crus qu'on ne pouvoit trouver de plus grands avantages, après celui de n'en avoir pas besoin. Si j'eusse perdu l'espoir de respirer en France, j'aurois voulu songer dans cette île pensive. Mais ne m'accusez pas de vous avoir fait illusion, et si vous daignez prendre quelque confiance en mon livre, gardez-vous de l'accuser plus dangereusement que les critiques eux-mêmes. J'ai dit que la liberté politique étoit l'objet direct de la Constitution d'Angleterre; mais ai-je dit que la liberté extrême, supposé que les Anglois en jouissent, fût préférable au système de nos monarchies ? Il me semble, au contraire, que je n'ai fait l'*Esprit des Lois* que pour prouver que le bien politique, ainsi que le bien moral, se trouve toujours entre les deux extrêmes; et j'en ai déduit la conséquence nécessaire, que les monarchies tempérées ne produisent pas des effets moins heureux que cette liberté extrême dans laquelle vous voulez vous précipiter. Lorsque l'occasion s'est offerte de décrire l'esprit de nos ordres et la hiérarchie de nos rangs, j'ai dit, que « toutes ces choses ont « nécessairement contribué à la grandeur de ce « royaume, et (que) si, depuis trois siècles, il a « augmenté sans cesse, il faut attribuer cela à la « bonté de ses lois, et non pas à la fortune qui n'a « pas ces sortes de constance. (XX. 22.) » Vous sentez-vous assez heureusement nés pour pénétrer d'un coup de génie cette constitution antique? (Car il ne faut rien de moins pour avoir droit d'y proposer des changemens.) je vous admire; essayez de la reconstruire sur de nouvelles bases, mais évitez de les choisir moins nobles et moins généreuses que celles adoptées par le temps; ne vous défiez pas trop du naturel françois. Gardez-vous de faire trop de sacrifices aux lois qui maintiennent la liberté, car où les lois veulent trop faire, les mœurs se reposent inutiles: les unes sont le supplément des autres; et, pour vous parler dans les termes de l'*Es-*

*prit des Lois* : « A mesure que, dans chaque nation, « une de ces causes agit avec plus de force, les au- « tres lui cèdent d'autant. » Exigez - vous que je m'explique plus cruement sur une île estimable, sous peine d'être taxé d'une prédilection décidée, et ne pourrai-je impunément rendre à ses biens réels la justice que leur doit un écrivain impartial, ou même les accompagner de bienséances qui ne pèchent pas contre la verité? Je n'ai plus qu'un mot à vous dire : l'Angleterre est le berceau de très-savantes institutions politiques, mais elle n'est pas mon berceau.

A ce discours, ajoutons une réflexion, puisée dans le même livre. La plupart des François sont revenus des systèmes républicains ; et presque personne aujourd'hui n'avoue qu'il persiste dans ces idées. La seule ressource est d'y revenir en détail, de conserver le nom de royauté, et, dans les institutions qui doivent la soutenir, s'éloigner de l'esprit monarchique. Moyen unique entre les mains de la plus occulte des sectes, pour corrompre les principes du Gouvernement qu'elle abhorre.

Or, rien n'est plus propre à cela que la servile imitation des Anglois; car leur Gouvernement n'est autre chose qu'une république. Tel est le jugement qu'en porte Montesquieu. La preuve s'en trouve en plusieurs endroits de son livre, et de ceux mêmes que nous avons cités. Mais pour s'en assurer, il suffit de lire le chapitre troisième du sixième livre, où il dit, que dans le Gouvernement républicain, les juges prononcent d'après un texte précis de la loi, et en donne pour exemple l'institution des jurés reçue en Angleterre. Il dit ailleurs, qu'en supprimant les ordres intermédiaires, on tombe nécessairement dans l'état populaire ou l'état despotique; et il remarque, dans le même chapitre, que les Anglois ont supprimé chez eux les ordres intermédiaires, pour favoriser la liberté. Il est vrai qu'en d'autres endroits, il qualifie ce Gouvernement de monarchique; mais n'en concluez pas qu'il se contredise. La solution de cette difficulté apparente se lit au livre 5, chapitre 9. « Voyez, dit-il, dans une « nation où la république se cache sous la forme de « monarchie, combien l'on craint un état particulier « de gens de guerre. » Que conclure donc du zèle de certaines personnes à régir la nation françoise par ces lois amphibies? Montesquieu nous l'explique encore; le terrible homme explique tout. « Les « lois rencontrent toujours les passions et les préju- « gés des législateurs. Quelquefois elles passent au « travers et s'y teignent, quelquefois elles y restent « et s'y incorporent. » (XXIX. 19.)

Car enfin, quel est le véritable esprit des monarchies? Leur principe, suivant Montesquieu, est l'honneur. Mais la principale application de cet honneur, surtout parmi les Francs, est dans la confiance absolue et dans le dévouement à la personne et à l'honneur du prince. Le prince, lorsqu'il est le chef d'une race aussi ancienne que l'état, se confond avec la patrie. Cet amour que les républicains ont coutume de porter à une patrie invisible, se fixe ici sur la personne où elle s'est, pour ainsi dire, concentrée. Ne vous étonnez pas que de nobles et loyaux sujets dédaignent ces défiances *libérales* que recommandent tant nos penseurs. Le gage de leur sécurité est dans une soumission franche et filiale; dans cette quiétude de cœur, dans cet abandon généreux qui fait gloire d'oublier le titre de ses droits et de sa liberté, pour la retrouver plus entière dans le cœur de son Roi.

FIN.

A PARIS, DE L'IMPRIMERIE D'ADRIEN ÉGRON;
rue des Noyers, n.° 37.

www.ingramcontent.com/pod-product-compliance
Ingram Content Group UK Ltd.
Pitfield, Milton Keynes, MK11 3LW, UK
UKHW020428230726
13925UKWH00004B/1656

9 782014 040340